시적 명상 에세이

파라미타의 행복

정효구 鄭孝九

충북대학교 국어국문학과 교수이며 문학평론가이다. 시와시학상과 현대불교
문학상을 수상하였다. 첫 저서 『존재의 전환을 위하여』(1987) 이후 최근의 저
서 『불교시학의 발견과 모색』(2018)에 이르기까지 다수의 평론집과 학술서를
출간하였다. 이번에 출간하는 『파라미타의 행복』은 『마당 이야기』(2008), 『맑
은 행복을 위한 345장의 불교적 명상』(2010), 『다르마의 축복』(2018), 『바다에
관한 115장의 명상』(2019)에 이어지는 다섯 번째의 명상 에세이집이다.

파라미타의 행복

초판 1쇄 인쇄 · 2021년 2월 5일
초판 1쇄 발행 · 2021년 2월 15일

지은이 · 정효구
펴낸이 · 한봉숙
펴낸곳 · 푸른사상

주간 · 맹문재 | 편집 · 지순이 | 교정 · 김수란, 노현정 | 마케팅 · 한정규
등록 · 1999년 7월 8일 제2-2876호
주소 · 경기도 파주시 회동길 337-16 푸른사상사
대표전화 · 031) 955-9111(2) | 팩시밀리 · 031) 955-9114
이메일 · prun21c@hanmail.net
홈페이지 · http://www.prun21c.com

ⓒ 정효구, 2021

ISBN 979-11-308-1770-5   03810
값 15,500원

시적 명상 에세이

파라미타의 행복

정효구 지음

푸른사상
PRUNSASANG

파라미타는 산스크리트어 'pāramitā'를 소리 나는 대로 우리말로 표기한 것이다. 본래 산스크리트어 'pāramitā'가 중국을 중심으로 한 한자문화권으로 들어올 때, 이 말은 '바라밀다(波羅蜜多)' 혹은 '바라밀(波羅蜜)'이라고 소리에 기대어 음사되었다.

파라미타, 다시 말하여 바라밀다는 그 뜻이 '이 언덕(此岸)'에서 '저 언덕(彼岸)'으로 건너간다는 것이다. 이 언덕이 범속한 중생심에 지배되는 현상세계라면 저 언덕은 지혜심과 자비심, 보리심과 보살심이 작용하는 본원세계이다. 그렇다고 하여 '건너간다'는 것을 물리적인 '건너감'으로 오해해서는 안 된다. 우리는 제자리에서 그대로 마음을 달리하여 '건너감'을 이룩하고 '저 언덕'의 삶을 사는 것이다.

우리는 하루에도 셀 수 없이 이 언덕과 저 언덕을 오고 가며 뒤 뚱거린다. 저 언덕을 제아무리 꿈꾸고 지향해도 이 언덕의 오래된 관성으로부터 벗어나는 것은 중력권을 벗어나는 일만큼 어렵다. 그래서 우리는 수시로 절망하고 포기하지만, 그럼에도 불구하고 우리가 저 언덕을 알고, 그리워하고, 지향하고, 바라보는 만큼 우리의 생애는 들어올려지고 가꾸어진다.

저 언덕으로 가는 길은 한때의 열정만으로 해결되지 않는다. 한 때의 열정은 고사하고 한 생애의 일로도 크게 진전되지 않는다. 그럼에도 불구하고 우리는 행한 만큼 저 언덕으로 길을 낼 수 있고, 그런 만큼 본처(本處)의 식구로 살아갈 수 있다.

다양한 경전의 세계를 붙들고 꽤 많은 시간을 보냈다. 그 가운데서도 불법(佛法)의 세계를 품에 안고 적지 않은 시간을 살았다. 그런 가운데 계획하지 않았음에도 불구하고 저절로 씌어진 글들로 몇 권의 책을 출간하기도 하였다. 처음에는 장르의 소속이 분명치 않아 '시집'이라고 이름을 붙이기도 하였다가, 이후엔 '시적 명상 에세이집'이라고 이름을 붙이기도 하였다. 또 어떤 때는 산문집이라고 이름을 붙이기도 하였다. 이런 불확실한 장르의 글을 쓰는 동안 출간된 책으로는『맑은 행복을 위한 345장의 불교적 명상』(2010),『신월인천강지곡』(2016),『님의 말씀』(2016),『다르마의 축복』(2018),『바다에 관한 115장의 명상』(2019)이 있다. 모두 푸른사상사에서 출간해주셨다.

나는 이런 소속이 애매한 글쓰기가 자연스럽게 멈춰지기를 소망하였다. 그러나 그것은 나의 바람과 같지 않았고 나는 계획하지 않은 글들을 나도 모르게 쓰고 있는 것이었다. 이번에도 지난봄부터 시작된 글쓰기가 계속되어 늦은 가을 무렵 한 권 분량의 글들이 쓰여졌다. 많이 망설이다가 또 한 권의 책을 내기로 하였다.

나는 나 자신을 들여다본다. 무엇이 이렇게 소속 없는 글들을 겸

연쩍어하면서까지 쓰도록 추동하고 있는가를 알아보기 위해서이다. 이유는 오직 한 가지이다. 나는 '저 언덕'으로 가는 길을 간절하게 그리워하였고, 그 길로 가는 여정은 무수한 동어반복 속에서도 아주 조금씩밖에 진도를 나가게 하지 않는 난코스였기 때문이다. 하지만 그 코스는 '황홀한 난코스'여서 나는 험준한 고봉의 설산을 무모하게 오르는 산악인들처럼 이 일을 멈출 수가 없었다.

부끄러운 고백이고 그런 글들이며, 뚜렷하게 요지를 만들 수도 없고 독자들과 쉽게 소통되는 글도 아니지만, 우리들이 살아가는 어수선한 세상에 꿈결처럼 일말의 진심이 담긴 속엣말을 전하고 싶다.

세상은 언제나 유사시(有事時) 같고, 나 또한 그러하다. 유사한 세상이 무사(無事)한 세상이 되기를 소망하며, 유사한 세상 속에서 무사한 세상이 드러내어지기를 희망하며 부족한 책을 세상에 내놓는다.

푸른사상사와 한봉숙 사장님께 무어라 감사의 말씀을 드려야 할지 모르겠다. 이 깊은 인연이 항상 선연이 되기를 바라며 기원할 뿐이다.

2021년 2월
정효구

차례

제1부

—

바람이 불어오고

바람바라밀

출처를 알 수 없는 곳으로부터 바람이 불어오고
입처를 알 수 없는 곳으로 바람이 불어간다

알고 보면
출처와 입처는
인간의 꿈이 만든 생각의 신열(身熱), 언어의 미열(微熱)

출처와 입처가 없는 공성(空性)의 길 위에서 바람이 분다
어느 곳도 출처이며 입처인 방심(放心)의 길 위에서 바람이 논다

이런 바람을 맞으면서 사람들은 몸무게가 이전보다 가벼워지고
이런 바람을 바라보면서 사람들은 생애가 어제보다 맑아지고
이런 바람을 맞이하면서 사람들은 아침마다 신생의 꿈을 꾼다

하늘바라밀

실체 없는 하늘이 이토록 넓고
실체 없는 하늘이 이토록 높고
실체 없는 하늘이 이토록 깊다니

허공인 하늘의 묘용 앞에서 인간들은 저도 모르게 무아이다

어디 인간뿐이겠는가

실체 없는 하늘을 향하여 높이를 키워가던 나무도
실체 없는 하늘을 향하여 넓이를 넓혀가던 바람도
실체 없는 하늘 위에서 밝음을 더해가던 별들과 은하수도

허공인 하늘의 대묘용 앞에서 저도 모르게 무아이다

파라미타의 행복

바다바라밀

바다 앞에서 우리는 망각하듯 몰아(沒我)가 되고
바다 앞에서 우리는 반납하듯 비아(非我)가 되고
바다 앞에서 우리는 바보인 듯 대아(大我)가 되고
바다 앞에서 우리는 자신을 비춰본 듯 진아(眞我)가 된다

별빛바라밀

만유가 광명임을 밤하늘의 별빛을 바라보며 확인하고
두두물물(頭頭物物)이 빛의 현현임을 별들의 살림살이로 공부
하고

어둠이란 애초에 없는 것임을
밤마다 반짝이는 별들의 영원으로부터 확인하고……

파라미타의 행복

구름바라밀

애증이라는 이름조차 모르는 구름
그저 모였다 흩어지고, 흩어졌다 모이는 게 생의 전부인 구름

모였어도 모인 바 없고, 흩어졌어도 흩어진 바 없는 구름
그저 모이고 흩어질 뿐, 욕망을 일찍이 배운 바 없는 구름

구름 앞에서 우리는 속없는 사람처럼 가벼워진다
어떤 무거운 구름도 실은 가벼운 구름이기 때문이다

이런 구름이 이끄는 대로 아이처럼 따라가다 보면
우리가 만나는 것은 언제나 무사한 저 너머의 알 수 없는 이역
이다

바람이 불어오고

새벽바라밀

어둠이 실은 빛임을 시현하는 시간
누구나 눈을 뜨게 하는 각성의 시간

스님들도 도량석을 하며 세상을 일깨우는 시간
세상이 도량임을 매일마다 드러내는 시간

새벽이 있음으로써 우리에겐 다시 시작하는 하루가 열린다
새벽이 옴으로써 누구나 다시 시작하는 인생이 펼쳐진다

파라미타의 행복

저녁바라밀

저녁 식사를 마치고 어둠을 맞이하는 시간
예불을 드리고 침묵을 사랑하는 시간

저녁엔 누구나 장강(長江)처럼 유순해지고
저녁이면 누구나 겨울처럼 안쪽의 사람이 되고

저녁이 옴으로써 모든 존재는 노현자처럼 정돈되고
저녁을 통과함으로써 만유는 향훈처럼 발효된다

이런 저녁은 우리를 마침내 재움으로써 다시 살아나게 한다
저녁은 우리를 크게 죽음으로써 다시 깨어나게 하는 것이다

바람이 불어오고

해변바라밀

멈출 것 같지 않은 파도도 해변쯤에 오면 부서지며 되돌아간다
해변은 파도조차 넘어서지 않고 되돌아가는 지계(持戒)의 선

파도는 이 선을 스스로 넘어서지 않음으로써 파도가 되고
바다는 이 선을 지킴으로써 품격을 얻고
세상은 이 선을 사랑함으로써 함께 사는 정도를 만들어간다

넘을 수 없는 선, 넘지 않는 선, 넘어서는 안 되는 선이 있다
그 선을 법이라 부르든, 예의라 부르든, 도덕이라 부르든
이런 선들이 살아서 세상은 안심하고 살 수 있는 땅이 된다

봄비바라밀

봄비가 내리면 대지는 마음의 문을 연다
마음의 문을 연 만큼 대지는 생명의 땅이 된다

봄비는 얼어붙은 대지에 '봄'을 가져다주는 전법의 선지식
봄비에서 원력 보살의 보시행을 본다면 지나친 과장법일까?

그렇더라도 봄비엔 무주(無住)의 시은(施恩) 같은 게 있다
그런 봄비가 내리는 날엔 사람들의 마음도 몇 차원 비약한다
냉정했던 인간들의 가슴에 봄기운이 새싹을 솟아나게 하는 까
닭이다

모래바라밀

해변의 모래알들을 보면 제각각 분별된 저마다의 세계이지만
서로가 무한의 연기 속에서 하나의 장으로 살아가는 '불이(不
二)'의 존재이다

모래알의 분별력이 얼마나 엄청났으면 '모래알 같다'는 표현이
나왔을까?
그러나 차갑고 냉정한 모래알들도 실은 엉킨 한 덩어리이다

일체(一切)가 일체(一體)라는 어려운 법문을 여기서 재확인한다
나뉜 것이 실은 드러난 포즈였음을 여기서 새롭게 터득한다

산맥바라밀

산맥의 맥은 '길'이다
산의 삶에도 범접할 수 없는 '도리'가 있음을 보여주는 표상이다

산의 맥을 읽는 이가 '지리'의 으뜸가는 탐구자이다
대학의 지리학과 연구실에서도 이 '지리'를 탐구한다

지리가 길이자 도리임을 아는 이는 함부로 살 수가 없다
산에서도 들에서도 그들은 삼가며 산다
그들의 삶이 '바라밀'의 길이 되기를 희원하며 산다

정원바라밀

정원은 여유이고, 미학이고, 사랑이다
그 정원에서 생명이 자란다

정원은 여백이고, 공터이고, 비움이다
그 정원에서 생명이 성숙한다

정원은 멈춤이고, 기다림이고, 침묵이다
그 정원에서 생명이 해탈한다

제2부

—

나무 한 그루만 있어도

나무바라밀

모든 나무는 무우수(無憂樹)이다
나무를 바라보며,
나무를 우러르며,
나무를 보듬으며,
사람들은 근심을 잊는다

석가모니 부처님도 사라쌍수 아래서 열반에 드셨다
수많은 수행자들이 나무 아래서 선정을 공부한다

나무 한 그루만 있어도 집안은 살아난다
나무 몇 그루만 제대로 심어도 마을은 격조를 더한다

나무가 있는 곳에 복덕이 있고,
그 나무들이 살아 있는 곳에서 길이 열리기 때문이리라

어둠바라밀

어둠의 공덕을 아는 이는 중도의 이치를 아는 이다
밤은 우리에게 어둠의 공덕을 베풀어서 공부를 시킨다

밤에 우리는 경계를 잊는다
육안을 벗어나 심안을 여는 까닭이다

밤은 하루도 빠짐없이 찾아오고
밤은 누구에게도 예외를 두지 않고
밤은 누구나 일을 멈추고 잠들게 하는 호법신장과도 같다

그러기에 화엄경의 설주(說主)도 '주야신(主夜神)'을 세주(世主)
의 자리에 올려놓았을 것이다
주야신이 있기에 우리는 고요해진다
주야신에 수순할 수밖에 없기에 우리는 오늘도 살아서 움직인다

폭설바라밀

폭설 앞에서
사람들은 단념을 한다
단념은 생각을 끊는 일
무심한 자의 순응과 적응의 평화가 여기에 있다

폭설 속의 단념은
갇힘으로써 자유로워지는 일
갇힐 수밖에 없음으로써 순탄해지는 일

무문관의 자유가 여기에 있다면 지나친 말일까?
무문관의 수행자를 여기서 자처해보면 민망한 일일까?

겨울바라밀

겨울엔 누구나 수행자를 닮는다

인욕바라밀을 하듯
추위를 넘고,
긴 밤을 견디고,
가난한 아궁이에 불을 지핀다

겨울엔 만물이 '멈춘 이'의 표정을 하고 있다

선정바라밀을 하듯
욕망을 버리고
분노를 버리고
흔들림 없는 제자리를 끝도 없이 관(觀)하고 있다

파라미타의 행복

강물바라밀

강물은 그 자체로 하나의 반야용선이다
반야용선인 강물이 밤새도록 흘러 피안의 바다에 이른다

강물은 쉬지 않고 흐르는 영원의 물길
피안으로 가는 대승의 반야용선엔 시간표가 없다
언제나 흘러가는 것만이 임무인 강물
흐름으로써 제 삶을 무한으로 완성해가는 강물

이 땅의 곳곳에서 반야용선인 대승의 강물이 흐른다
강물의 이런 정진은 예토인 이 땅을 불국의 정토로 바꾼다

나무 한 그루만 있어도

신록바라밀

다시 시작하는 첫 마음처럼 산하에 신록이 움튼다
이들의 움틈에서 초발심의 신심(信心)을 보고
이들의 싱싱함에서 공덕의 증장을 가늠해본다

온 산하가 신생의 녹음으로 출렁일 때
세상은 불현듯 살 만한 정토처럼 사랑스러워진다

그것이 비록 환영일지라도
그런 환영은 많을수록 좋고, 실제처럼 소중하다

환영에도 공덕이 있느냐고 누군가 묻는다면
환영이 어떻게 실제가 될 수 있느냐고 누군가가 의심하면
내년을 기다려 신록의 시간을 함께 걸어보는 것이 어떨까 한다

가을바라밀

성장의 힘이 성숙의 힘으로 전환되는 가을

사람들은 이때에 철이 들고
사람들은 이때에 철학을 하고
사람들은 이때에 현자인 철인이 된다

그냥 두면 직선의 무한으로 내달릴 인류에게
가을은 내닫는 그 직선을 구부리며 순환의 여정을 만들기 시작
한다

더 이상 내달릴 수 없다는 것을
더 이상 치달을 수만은 없다는 것을

가을은 순환의 여정을 만들어 보이며
인류에게 지혜롭게 가르치고 있는 것이다

나무 한 그루만 있어도

단풍바라밀

단풍 앞에서 사람들이 손뼉을 치며 탄성을 지른다
아, 일심(一心)의 순간이다

단풍 앞에서 사람들이 멈춰 서곤 떠날 줄을 모른다
아, 하심(下心)의 순간이다

단풍 앞에서 사람들이 사진을 찍는다고 분주하다
아, 동행의 순간이다

단풍 앞에서 사람들이 저절로 얼굴이 붉어진다
아, 아름다워지는 순간이다

파라미타의 행복

대지바라밀

천간(天干)과 지지(地支)라는 말이 있다
음양오행론의 양대 용어이다

천간이 하늘의 일이라면
지지는 땅의 일이다

대지는 지지가 현현하는 드넓은 세계
만상이 저마다 드라마를 펼쳐내는 곳

이 엄청난 대지의 일들을 만나다 보면
아둔한 사람들에게도 좁쌀만 한 지혜가 돋아난다

한 생을 고단해도 살아낸 보상이리라
사바세계를 참으며 건너온 보답이리라

들녘바라밀

들녘은 하나의 거대한 문명이다
거친 생존이 마침내 도량과 같아진 하나의 놀라운 장소이다

들녘은 유위의 길이 무위의 길을 떠나지 않고 드러난 세계이다
무위의 길이 유위의 길을 끝까지 품어 안고 사는 세계이다

그런 들녘에서
우리는 고단한 인류사를 저도 모르게 넘어선다
인간사만이 세상의 모든 것이 아님을 저도 모르게 깨닫는다

파라미타의 행복

바위바라밀

바위를 바라보면 숨결이 차분해진다
바위 옆에 머무르면 호흡이 정돈된다

바위에 기대어 세상을 보면
세상은 이전보다 바르게 앉아 있고
세상은 그런대로 조용하고 한가한 풍경이다

소란한 세상에서 어떻게 마음을 다독여야 할까?
질주하는 세상에서 어떻게 마음을 다잡아야 할까?

바위가 주인인 먼 산에라도 가볼 일이다
바위가 드문드문 앉아 있는 공원에라도 가볼 일이다

나비바라밀

날개가 존재의 전부인 나비는 천상의 식구이다

텃밭의 나비가 이 언덕을 넘어 저 언덕으로 건너간다
나비의 길에 눈길을 주다 보면 우리도 어느새 저 언덕에 살고
있다
나비를 따라가다 보면 언제나 도달하는 피안이 환하다

사람들은 이런 나비의 길을 사랑하고
어린이들은 도화지에 이런 나비의 날개를 그려내고
어느 지역에선 나비축제를 열어 나비의 마음을 선사하고 연습
한다

나비가 있는 세상은 아직도 저 언덕이 살아 있는 세상이다
나비를 사랑하는 세상은 아직도 꿈을 잃지 않고 살아가는 세상
이다

마당바라밀

마당이 있어야 걸을 수 있고
마당이 있어야 앉을 수 있고
마당이 있어야 누울 수 있으며
마당이 있어야 숨을 쉴 수 있다

마당은 시원(始原)의 대지
마당은 본질인 본처
마당은 오래 묵은 영원
마당은 흔들 수 없는 진실

그런 마당에서 우리는 안심을 배운다
그런 마당에서 우리는 건강한 생명이 된다

산새바라밀

산엔
나무가 있고 산새가 있다

새와 나무는 오래되고 깊은 인연
서로가 서로를 의지하여 풍경화처럼 진화해온 드문 한 쌍이다

그러니
산새 소리가 건강하면 나무들도 안녕한 것이다
나무들이 푸르러지면 산새들 또한 안녕한 것이다

이른 아침,
산새들이 아침 공양을 하는지 그 소리가 아랫마을까지 내려온다
오래된 진화의 한 장면이 싱그럽다

파라미타의 행복

제3부
—

시간은 누구에게나 공평한 것

노자바라밀

누구나 나이 들면 노자(老子)이다
청춘이라는 이쪽 언덕에서 노자라는 저쪽 언덕에 도달한다

우주의 시간은 누구에게나 공평한 것
그 놀라운 이치에 모든 이들이 평등하게 노자가 된다

철학사 속의 노자는 도덕경을 지었다고 전해지는 신화적인 인물
그렇다면 일상사 속의 노자는 무슨 책을 지었을까?

그 소식 알 수는 없으나
누구든 그들만의 도덕경 한 권쯤은 가지고 있을 것이라 생각한다

말로 되었든
글로 되었든
침묵으로 되었든……

장자바라밀

어떻게 해야 소요(逍遙)의 경지에 도달할 수 있을까?

삶은 매 순간 장애물만 같아서
사방에서 배달되는 신문지를 넘기기가 두렵고

인생은 서툴기만 하여
미래의 계획을 세워보기가 어려운데

어떻게 해야 장자처럼 무한의 창공을 삼켜볼 수 있을까?

점점 소인국의 소인들처럼 일체가 작아지는 나날 속에서
장자의 '허풍' 같은 큰 이야기에 사람들은 이전보다 더욱 기울어
진다

공자바라밀

곡부의 공자처럼 주역의 가죽끈을 세 번쯤 끊어지게 하면
바라밀의 완성이 가능할까?

주역은 보이지 않는 무극의 묘용을 알 때까지
우리를 거듭거듭 시련 속에서 공부하게 한다

태극도 훌륭하나 무극은 어떤 말도 거부하는 절대적인 것
양극단을 보지 않을 수 있는 무극의 자리에 바라밀이 있다

마음이 곧 무극임을 공자가 선포한 나이는 70세!
걱정 많은 오늘날의 장수사회에도 미덕이 있으니
누구나 크게 애쓰지 않아도 70세가 되어볼 수 있다는 것이다

시간은 누구에게나 공평한 것

예수바라밀

지구별의 중생계는 바람 잘 날이 없다
중생심이 언제나 한여름날의 복더위처럼 들끓는다

중생계에 오신 예수 그리스도는 십자가에 못 박혀 죽으셨다
귀먹고 눈먼 사람들의 중생심이 예수님을 죽인 것이다

중생심은 못할 일이 없다
제 생존의 확장을 위해서는 자신의 집인 지구별조차 부숴버릴
기세이다

그런 중생들에게 예수 그리스도는 장애물이다
그러나 그 장애물을 제거한 중생들이 눈물을 흘리며 운다
예수의 부활을 믿고 기대하며 곳곳에 예배당을 세우고 기도한다

그러나 예배당은 언제나 위태롭다
변덕 많은 중생들이 언제 그 예배당을 부정하고 떠날지 모르기

파라미타의 행복

때문이다

　　우리들은 너 나 할 것 없이 배반하는 유다와 같다

　　중생심이 사라지지 않는 한, 우리는 믿을 수 없는 인류이다

붓다바라밀

육친출가로 혈연의 업과 업장을 뛰어넘고자 할 때
오온출가로 육신의 업과 업장을 벗어나고자 할 때
법계출가로 짐짝 같은 삼계의 윤회를 멈추고자 할 때

깨달은 자인 붓다의 길로 일단 들어서 보는 것이다
그야말로 '붓다로드'를 찾아 입문을 하는 것이다

붓다로드는 이 시대의 생태적이고 영성적인 길
붓다로드를 걷다 보면 우리는 조금씩 치유되고
붓다로드에서 우리는 이전 사람이 아닌 새사람이 되어간다

햇볕바라밀

햇살이 비친 양지쪽 언덕에서 파란 새싹이 먼저 돋아난다
사랑과 신뢰를 받은 이의 표정 같다

햇살이 따스한 담장 가에서 동네 아이들이 시간을 잊고 논다
근심과 의심이 없는 세상의 천사들 같다

햇살을 등에 받고 고양이가 앉아 쉬고 있다
무심한 오후 한때의 선정 같다

햇살이 머무는 마당이 환하다
지혜로 밝아진 마음의 풍경 같다

시간은 누구에게나 공평한 것

달빛바라밀

달빛 아래 서면 저절로 탐진치가 사라진다
누구도 헛된 욕망을 드러내지 않고
누구도 거친 화기로 헐떡이지 않고
누구도 어리석은 아상(我相)을 꺼내 들지 않는다

일체가 온화해지고
일체가 부드러워지고
일체가 믿음직스러워지고
일체가 후덕해지는

온유돈후(溫柔敦厚)의 땅
달빛 아래서 만들어진 월하비경(月下秘境)

일출바라밀

매일 아침 지구별에 해가 솟아오른다는 이 한결같은 질서
그것은 태양이 사심과 분별심을 멈춘 항성인 까닭

매일 아침 지구별의 사람들이 눈을 뜨고 일어나는 놀라운 사건
그것은 인간들의 심장이 태양의 항심을 닮은 까닭

태양 아래서 지구별의 만유가 날마다 개벽하듯 환해지는 신비
그것은 태양의 광명을 만유가 그리워하며 기다린 까닭

시간은 누구에게나 공평한 것

노을바라밀

노을의 시간이 되면
일체가 아상을 내려놓고 수평선처럼 고요해진다

하루에 한 번씩 노을의 시간 앞에서
우리는 저도 모르게 아상을 버리는 고차원의 의식을 치르고
의식을 치른 생명들은 죽음과도 같은 밤의 적멸 속으로 입류
한다

노을은 밤을 예비하는 전령사
그 시간 앞에서 우리들은 성숙해지고
그 시간을 통과하며 생명들은 정화되고
그 시간을 지나면서 만유는 깊어진다

파라미타의 행복

항하(恒河)바라밀

갠지스강이라고도 부르는 항하에서
사람들은 누구나 순례객이 된다

지저분하고 위태로운 항하의 강물을 바라보며
먼 곳에서 모여든 순례객들은 위로를 받고

시신이 한낮에도 타고 있는 냄새의 미로를 따라가며
사람들은 강물 위에 화려한 꽃잎을 띄운다

혼란스러워서 자유로운 곳
알 수 없기에 편안한 곳
직면하기에 초연해지는 곳

석가모니 붓다께서도 무한의 비유로 선택하신
항하의 심연과 모래알을 헤아리며
세속에서 공부한 지식들을 낯선 물건처럼 내려놓는다

시간은 누구에게나 공평한 것

계곡바라밀

명산의 계곡은 하늘이 감추고 땅이 비밀로 부쳤다는
천장지비(天藏地秘)의, 신선(神仙)들의 동천(洞天)

동천에서 신선들은 도를 품어 안고 꽃피우며
그들의 법담(法談)은 아랫마을까지 천리향으로 퍼져 나온다

그러나 천장지비의 계곡에 들어서면 누구나 신선!
계곡의 낮고 깊은 근원에서 현지(玄智)를 배우게 되고
새벽처럼 흐르는 물소리에 귀를 씻게 되고
상서로운 물기운에 영혼을 밝히게 된다

이 나라 곳곳에 명산이 있고 계곡이 있다
이런 산과 계곡이 우리를 지키면서 키우고 있다

제4부

—

늘 여백처럼 그곳에

벤치바라밀

공원의 벤치가 사람들을 기다리며 늘 여백처럼 그곳에 있다

누가 와서 앉아도 오직 허락하기만 하는,
오직 허락하는 것만이 생의 모두인 것 같은,

그런 벤치를 바라보고 있노라면
허공의 기운이 전해온다, 초탈의 기운이 솟아난다,
그리고 가끔씩은 잘 익은 사랑의 파동이 안겨 온다

호수바라밀

길을 가다 문득 호수를 만나면
아, 잊었던 평정심이 살아난다

호숫가를 따라 느릿느릿 거닐다 보면
아, 어느새 온몸에 평화가 가득히 들어찬다

호수는 언제나 우리를 평평한 세계로 안내한다
소란스러웠던 마음을 금세 치유하고 첫 자리로 되돌아가게 한다

숲길바라밀

숲길에서
우리는 인간 이전의 오래된 식물이 되고

숲길에서
우리는 식물 이전의 영원에 닿은 침묵의 대지가 된다

사람들이 숲길을 사랑하는 것은
존재의 긴 전사(前史)를 몸속으로 느끼며 안심하게 되는 까닭

숲길이 종교적인 길이 되는 것은
'나'라는 마음이 시나브로 사라지고 열린 마음이 움트는 까닭

고목바라밀

오래된 것들은 영원을 가리킨다
그것은 말 없는 '직지행(直指行)'이다

오래된 것들은 영원을 가르친다
그것은 서두르지 않는 '무위행(無爲行)'이다

오래된 것들 앞에서
우리는 잠시나마 말을 잊고

오래된 것들 앞에서
우리는 저도 모르게 하심한다

사계바라밀

봄이 오면 여름이 오고
여름이 오면 가을이 오고
가을이 오면 겨울이 온다

봄, 여름, 가을, 겨울, 다시 봄……
봄, 여름, 가을, 겨울, 다시 봄……
봄, 여름, 가을, 겨울, 다시 봄……

계절의 계산 없는 질서 속에 '법시(法施)'가 깃들고
계절의 생색 없는 선율 속에 '선연(善緣)'이 살아나고……

사원바라밀

사원은 언제나 그곳에 있다
부동심의 모원(母源)이다

와불은 누워서도 깨어 있고
나무는 흔들리면서도 꼿꼿하고

스님은 출타 중에도 법문 중이고
범종은 시간이 아니어도 항상 예불 중이다

드나드는 방문객들이 잠시 동안 허공을 흔드나
바람 한 번 지나가면 허공은 또다시 제자리요 제 모습이다

이런 사원은 세계의 중심을 거듭 알리고 일깨운다
떠돌던 마음도 이곳을 향하면 학생처럼 조용해진다

파라미타의 행복

입춘바라밀

다시 시작하는 무상의 시간이다
다시 힘을 내는 밝음의 시간이다

봄조차 환상이지만 그 봄을 기다리는 시간이다
기다림조차 꿈결이지만 그 기다림을 사랑하는 시간이다

동지바라밀

밤이 가장 긴 날이니 누구나 긴 잠을 잘 수 있다
긴 잠을 자는 동안 한 해가 정리되고
긴 잠은 죽음과도 같아 평화롭기 그지없고

동지엔 낮이 가장 짧으니 누구나 하루가 성급하다
성급한 시간 속에서 삶은 집착할 여유조차 없어지고
집착을 거부하는 성급한 하루 속에서
우리는 저도 모르게 무심의 무상함을 공부한다

하지바라밀

하지는 우주가 주는 여름날의 보너스이다
보너스를 받은 사람들은 다가올 짧은 밤의 불면조차 잊어버린
다

하지제를 지내느라 모든 이가 바쁘고
지지 않는 태양 속에서 모든 이가 태양의 시민으로 입국한다

하지의 때를 보내면서 우리는 우주의 사랑을 느낀다
이 땅은 그런대로 괜찮은 곳이라고 긍정의 기쁨을 느끼며 얼굴
이 붉어진다

사막바라밀

사막에선 누구나 가벼워진다
노력하지 않아도 몸의 중력이 사라지고
애쓰지 않아도 존재의 잉여가 정리된다

사막도, 나도, 가벼워진 존재가 되어
모처럼 지구별에 아무런 부담도 주지 않는다

무게도, 독소도, 욕망도 사라진 존재들의 세계
사막에서 우리는 아무것도 갖지 않은 무심(無心)의 초인이 된다

파라미타의 행복

고원(高原) 바라밀

고원은 높고 평평하다
높은 곳엔 아랫마을의 바람이 미처 쫓아오지 못하고
평평한 지대에선 누구나 수평선을 닮고 만다

고원을 하루 종일 달리다 보면
고원엔 천상의 기운이 운무처럼 스미어 있고
고원은 어딜 가나 격조 높은 수행의 처소 같다

이런 고원에는 누가 사나
신성함을 아는 이—
신성함을 사랑하는 이—
거룩함을 익힌 이—
거룩함을 익히고 있는 이—

그런 사람들이 바람처럼 살고 있을 것이다

설산(雪山) 바라밀

사시사철 눈이 덮여 있는 고처(高處)

설산은 언제나 날이 빛나게 서 있고
설산은 언제나 냉정한 마음을 잃지 않고
설산은 언제나 어떤 색채도 거부한다

사람들은 이런 설산에서 오래된 영성을 보고
이런 설산에다 '영산(靈山)'이라는 이름을 헌정하고
이런 설산 앞에서 저도 모르게 겸허를 배우며 산다

설산이 접근 금지 지역으로 지성소와 같이 '저 위'에 있다
갈 수 없는 곳이 있다는 것은 얼마나 행복한 일인가
갈 수 없는 곳이 있다는 것은 얼마나 다행한 일인가
갈 수 없는 곳이 있다는 것은 얼마나 건강한 일인가

여행바라밀

어딘가로 좀 거침없이 떠나야 하겠다
가방은 작게, 짐은 적게, 마음은 가볍게 만들고
묵은 땅을 뒤로 한 채 어딘가로 좀 활달하게 떠나야 하겠다

여행을 하는 동안엔 아무 생각도 하지 말아야 하리
그저 풍경처럼 낯선 세상과 가볍게 만나고 헤어져야만 하리
그저 나를 열어놓고 세상이 허공처럼 드나들게 해야만 하리

여행을 마치고 돌아오면 떠났던 묵은 땅이 저 혼자 새로워져 있
으리라
처음 본 이국처럼 싱그럽게 시작하는 새로운 시간이 다가오리라

여행은 새로운 땅을 찾아가는 발길
오직 떠났다 돌아옴으로써 지난 것을 새롭게 만드는 발길

군말바라밀

모든 언어가 '군말'인 줄을 알 때
언어는 겨울 저녁 군불처럼 가외의 것이다

언어가 가외의 것인 줄을 알 때
언어로 생애의 집을 짓는 사람은 결코 없을 것이다

만해 한용운은 시집『님의 침묵』앞에 '군말'을 적고 있다
　　그러나 실은『님의 침묵』전체가 '군말'이라고 전해주려는 것은
아닐까

세상의 언어가 무한증식의 길을 가며 소란스럽고 위태롭다
언어가 군말인 줄을 알 때까지 언어철학을 공부해야겠다

제5부

첫눈이 날리면 천지는

첫눈바라밀

가볍게 첫눈이 날린다
누구도 구속하지 않는 율동이다

소리 없이 첫눈이 붐빈다
세상이 다른 마음 없이 하나로 분주하다

첫눈이 날리면 천지는 본래부터 하나였다며 오래된 소식을 전
하고
첫눈이 내린 거리에서 사람들은 잠시나마 자신을 잊고 순정하다

눈은 하늘과 땅 사이에 하나의 길을 무한으로 만들어주는 존재
그 사이에서 사람들도 하나의 길에 무한으로 입문하는 기적

평상바라밀

평상이 평평하고 태연하다

평상 앞에서 사람들은 편안해지고
평상 위로 가을바람이 일상처럼 놀다 가고
햇살도 평상 위에서 제집인 듯 오래 쉰다

평상을 누가 만들어 그곳에 놓았는가

평상 위에서 아주머니들이 채소를 천천히 다듬고
아주머니들이 들어간 평상 위에서 들짐승들이 분방하게 논다

누가 평상을 치우지 않고 늘 그곳에 두고 있는가

평상이 있는 마당엔 주인 없이 평화가 두텁게 쌓이고
주인이 잠든 어둔 밤의 평상엔 하늘이 고스란히 내려와 있다

파라미타의 행복

억새바라밀

억새풀 주변의 정갈한 위엄이 빛난다
그 위엄은 자력의 것이어서
우리는 억새에 눈길을 보내며 작은 근심을 잊는다

하지만 억새도 가을이 깊어지면 꽃을 피우는 들풀이다
꽃이라 하기에는 너무나도 퉁명스러운,
장식을 잊은 이만이 피워 올릴 수 있는
소탈한 억새꽃 앞에서 사람들은 문득 고요해진다

시간이 지나면 억새꽃도 백발이 되어 흩날리듯 흔들린다
그러나 줄기는 꼿꼿한 채 꽃잎만 가벼이 흔들린다
억새꽃 흰 백발을 보며 '맑은 부드러움'을 느낀다
'종심(從心)'의 길을 가는 현자의 생애도 추억해본다

첫눈이 날리면 천지는

찔레바라밀

찔레꽃이 야산 자락으로 강물처럼 흘러내린다

찔레꽃의 하얀 물결은 몽환적인 세계가 되고
사람들은 하얀 물결 위를 꿈결처럼 오르내린다

몽환의 물결 따라 마을 사람들은 모처럼 환해진다
조금씩 따 먹어도 괜찮은 찔레꽃 물결을 바라보며
사람들은 조금씩 더 살아도 괜찮다고 속엣말을 한다

파라미타의 행복

산국(山菊) 바라밀

산국이라 부르기도 하고
들국이라 부르기도 하는
가을날의 노랗게 물든 야생화

산국이라 부르면 산 냄새가 따라나서고
들국이라 부르면 들녘 냄새가 스미어든다

산자락마다 산국이 가을 햇살처럼 밝게 빛난다
들자락마다 들국이 가을 들녘처럼 너그럽다

산국이 피어 있는 가을 동안
세상은 아무 일도 없는 자연스러운 화원이 되고

들국이 들녘마다 화사할 때
세상은 꿈조차 잊은 듯이 평평하기만 하다

얼음바라밀

심산 속의 겨울 호수가 얼어붙을 때
호수는 단련된 얼음 벌판이 되어 태평스럽다

얼음장 밑에서 호숫물은 따스해지고
얼음장 위에서 함박눈은 걱정 없이 느긋하다

언제 겨울 호수의 얼음이 녹을 것인가
한겨울의 호수는 틈을 보이지 않을 듯 단단하고
심산의 위엄도 그치지 않을 듯 대단하다

그러나 봄소식에 얼음은 문틈을 열기 시작한다
얼음은 어느새 형태를 느슨하게 바꾸며 동요하고
동요는 어느새 각성이 되어 얼음이 물이요 물이 얼음이다

이런 호수를 품에 안고 바라보며
심산은 아무 일도 없었다는 듯 여일하다

작약바라밀

시인 김영랑이 사모한 모란이 피고 나면
모란 옆에서 작약이 피어난다

모란보다 작고 소박하지만
모란보다 단아하고 오래가는 작약

그러나 알고 보면
작약도 모란도 모두 함박꽃이다

함박꽃은 넘치도록 크고 화려한 꽃 이름
함박꽃이 피어 있는 5월의 마당이 축복처럼 넉넉하다

벚꽃바라밀

벚꽃이 감출 것 하나 없는 이처럼 한꺼번에 왈칵 피어난다
깨달음도 이처럼 한순간에 번쩍 오는 것은 아닌가

생각 없이 한순간에 일체를 단호하게 버릴 때
주저 없이 한순간에 결사적인 출가를 실천할 때
깨달음은 찰나의 축복처럼 다가오는 듯하다

벚꽃이 화끈하게 전존재를 드러내는 봄날이다
봄 또한 화끈하게 전존재를 불태우는 시간이다

우물쭈물하지 말고 제 길을 찾을 때이다
아니, 좌고우면하지 말고 제 길을 갈 때이다

밀밭바라밀

밀밭을 따라 거닐다 보면
온몸의 피가 봄날 개울물처럼 잘 흐른다

밀밭은 언제나 부드럽고
밀밭은 언제나 싱그럽고
밀밭은 언제나 비현실이 살아 있다

목월 시인도 '나그네'의 길에 밀밭 길을 불러들이지 않았는가
나그네가 가기에 적절한 길
나그네의 마음처럼 그저 흘러가기에 좋은 길

밀밭 길을 거닐며 굳은 몸을 펴볼 일이다
밀밭 길을 떠올리며 굳은 마음을 흘러가게 해볼 일이다

오죽(烏竹)바라밀

대나무들이 오래된 고택과 사찰의 뒤뜰을 조용히 외호하고 있다
청죽 옆에 오죽이, 오죽 앞에 산죽이, 산죽 옆에 시누대가 제각
각 의젓하다

대나무는 세상의 도리(道理)와 짝하던 나무
어디서나 정심(正心)을 가리키는 나무
그 앞에서 누구나 심신을 가다듬는 나무
신언서판(身言書判)의 기준을 늘 만족시키는 나무

그중에도 오죽은 북방의 극단에서 대나무의 본질을 알리는 나무
오죽 앞에서 우리는 두 번 깨어난다
그의 대쪽 같은 생장 앞에서, 그의 칠흑 같은 먹빛 앞에서

백송(白松)바라밀

추사(秋史) 고택에 갔다가 흰 육체를 지닌 백송을 보았다
솔향이 밴 백송의 낯선 흰빛 속으로 멈춤 없이 따라 들어가다
보니
나무는 없어지고 흰빛만 가득한 찬란한 선경이 놀랍다

하얀색은 이 땅이 아닌 저 너머의 색이다
색이라고 할 수 없는 하얀색이 색에 물든 세상을 정화한다

우리 집에도 작은 백송이 한 그루 있다
아직은 작은 체구이지만 그 옆엔 초월의 기운이 감돌고
나도 그를 맞이할 땐 남다른 마음을 내며 서성이곤 한다

첫눈이 날리면 천지는

제6부

—

삶의 시간을 넘어서서

백화(白樺)바라밀

사람들은 백화를 자작나무라고 부른다
그러나 백화(白樺)라고 부르면 추상의 울림이 있다

홀로 있어도, 무리 지어 있어도
봄이 되어도, 여름이 되어도
있음의 방식과 삶의 시간을 넘어서서
빛나면서 침착한 글자 없는 하얀 나무 경전

자작나무 숲길을 따라 한나절을 걷는다
수많은 하얀 경전이 끝없이 펼쳐지며
한나절 분량의 지혜를 베푼다

자작나무 숲길을 걷고 온 날은
살결도 조금 더 희어진 것 같다
마음도 조금 더 맑아진 것 같다
눈빛도 조금 더 그윽해진 것 같다

느티바라밀

마을의 모르는 역사가 있으면 느티나무에게 물어보아야 하리

새들의 모르는 사연이 있어도 느티나무에게 물어보아야 하리

뛰어놀던 아이들의 책가방이 궁금해도 느티나무에게 물어보아
야 하리

내 마음의 길이 어디쯤 가고 있는지도 느티나무에게 물어보아
야 하리

후박바라밀

후박나무의 우아한 품위로 정원이 멋스럽다

넘침도 모자람도 없는 마음의 표현처럼
후박나무는 단아하다

오랜 수련으로 본처를 만난 것일까
깊은 명상으로 중심을 얻은 것일까
남모르는 선행으로 덕성에 닿은 것일까

목탁바라밀

아무것도 아닌 나무가 목탁이 되기까지
아무것도 아닌 파동이 정음(淨音)이 되기까지
아무것도 아닌 목기(木器)가 불기(佛器)가 되기까지

사람들의 마음속 붓다가 눈떴으리라
사람들의 마음속 천사가 깨어났으리라

목탁 수행을 하느라 목탁을 여러 개나 깨트렸다고
한 스님이 고백한다
문장을 쓰기까지 연필심을 수도 없이 부러뜨린
우리들의 유년이 떠오른다

산사에 낮게 울리는 목탁 소리 쪽으로 귀를 기울인다
산사에 홀로 맑아지는 목탁 소리 쪽으로 몸을 기울인다

뜨락바라밀

선원의 뜨락에 햇살이 가득하다
밝은 세상이다

선원의 뜨락에서 나비가 쉬고 있다
평화로운 세상이다

선원의 뜨락으로 미풍이 불어온다
선연(善緣)의 세상이다

선원의 뜨락에서 아침이 깨어난다
선인(善因)의 마을이다

합장바라밀

합장은 멀어진 마음을 하나로 이어주는 일이다
합장은 흩어진 마음을 하나로 모아주는 일이다

합장은 상대하는 마음을 절대로 바꿔주는 일이다
합장은 바쁜 손길을 쉬게 하는 사건이다

합장은 누구도 해치지 않는 무사의 표상이다
합장은 안쪽이 익어가는 내실의 표정이다

파라미타의 행복

와불바라밀

우리는 누구나 밤마다 와불이 된다

만사를 잊고 와불의 시간을 지나면
매일 아침 우리의 몸속에선 새 아침이 탄생한다

우리는 누구나 생애의 끝자락에서 와불이 된다

일생의 뭇 사연을 잊고 영원의 와불이 되면
우리는 강물처럼 누워서 그대로 흘러가는 대자연이다

범종바라밀

영성에 닿은 영감의 소리
본처에 닿은 본성의 소리

무심에 닿은 무아의 소리
무정에 닿은 냉정한 소리

너에게 닿은 화응의 소리
그에게 닿은 화답의 소리

무한에 닿은 무성(無聲)의 소리
무변에 닿은 허공의 소리

절길바라밀

산문을 지나 붓다에게 이르는 지름길이 있다

그 길은 무색의 도량이어서 시간이 처음부터 없고
그 길은 무지의 도량이어서 분별하는 마음이 나중까지 없다

그러니 산문까지 오는 길이 실은 멀고 아득한 것이다
산문 앞에 당도하기만 하면 이미 먼 길은 가까운 길이다

삼삼오오 선남선녀들이 산문으로 들어서고 있다
저마다의 발걸음으로 제각각 걸어가는 길이지만
이곳에선 모든 발걸음이 포행(布行)이다

녹색바라밀

성숙한 청록색이 산하에 가득하다

청록색 들길을 걸으며 호흡을 가라앉히고
청록색 청산을 바라보며 마음을 든든히 한다

집 앞의 나무들도 이 한여름엔 청록색이 깊다

나무들을 바라보며 청록색 선경을 꿈꾸어보고
나무들에 기대어서 말 없는 선정에 들어본다

파라미타의 행복

흙색바라밀

파종을 준비하는 봄날의 들녘에서 흙색이 푸근하다

아이들이 뛰어노는 학교 마당에서 흙색이 천진스럽다

심산의 오솔길에선 흙색이 한가한 평화를 그려 보이고
해변의 모래밭에선 흙색이 깨끗한 자유로 빛난다

마음이 들뜰 땐 흙색을 상상해보자
삶이 푸석거릴 땐 흙빛을 떠올려보기로 하자

경전바라밀

경전은 두터울수록 가볍다
아니, 경전은 얇을수록 두텁다

경전이 가득 꽂힌 서재가 법향(法香)으로 일렁인다
독송을 하면 외향(外香)의 법향으로
사경을 하면 내향(內香)의 법향으로 퍼져나간다

경전이 있는 집은 안팎이 하나이다
경전을 품은 사람은 세계가 하나이다

정장바라밀

몸이 우리의 생각이듯
의상은 우리의 몸이다

속부터 겉까지 바르게 차려입은 사람들이
이곳저곳에서 좋은 풍경으로 빛난다

젊은이들의 싱그러운 정장
장년들의 우아한 정장

수녀님들의 말갛기만 한 정장
신부님들의 바르기만 한 정장

비구 스님들의 초연하기만 한 정장
비구니 스님들의 적요하기만 한 정장

우리들도 가끔씩 정장을 차려입으면 다른 사람이 된다
옛사람이 가고 새사람이 되는 시간으로 입문하는 것이다

제7부

—

불탑 앞에서 우리는

불탑(佛塔) 바라밀

너무 높지 않은, 너무 화려하지 않은,
너무 크지 않은, 너무 어색하지 않은,
그런 불탑!

그런 불탑 앞에서 우리는
조금 높아질 수 있고, 조금 화려해질 수 있고,
조금 커질 수 있고, 조금 어색해질 수 있고……

그런 불탑을 돌면서 우리는
아주 높아질 수 있고, 아주 화려해질 수 있고,
아주 커질 수 있고, 아주 어색해질 수 있고……

동방바라밀

동방은 태양의 나라
동방은 아기 예수의 나라

동방은 새벽과 아침의 나라
동방은 깨어남의 나라

봄날의 동풍이 불면
만물이 믿음의 사람이 된 듯 새싹을 의심 없이 밀어 올린다
동풍은 동방에서 나오고
동풍 속엔 동방의 소식이 진실처럼 깃들여 있다

동방은 그 자체로 바라밀행이다
동방의 소식들도 남김없이 바라밀행이다

서방바라밀

서산 너머로
서해 바다로
해가 진다

서방은 해가 돌아가서 쉬는 집
언제나 여여하게 돌아가 멈추는 곳

서방의 집에서 쉬고 난 태양이 아침마다 떠오르고
서방으로 귀가하여 멈춘 태양이 아침마다 광명이다

돌아갈 집이 있다는 것은 행복
돌아갈 방법을 안다는 것은 축복

남방바라밀

남으로 난 창문이 환하다
남쪽에서 비취는 햇살이 창가의 식물들을 밝히고
남녘에서 불어온 남풍이 마을의 앞뜰을 다독인다

남쪽은 만유가 평화와 여유를 알게 하는 곳
남쪽은 만유가 생명과 희망을 갖게 하는 방향
남쪽으로 내려가는 사람들의 발길이 경쾌하다
남쪽을 바라보며 사는 사람들의 눈길이 평안하다

북방바라밀

북방은 침묵하는 거대한 뿌리다
말없이 세상을 잉태하고 지키는 곳
한결같이 만물을 응원하고 후원하는 곳

북방이 있음으로써 세상은 발랄하다
북방에 의지하여 세상은 안락하다

마을에도 북방의 주산(主山)이 있어야 한다
나라에도 북방의 진산(鎭山)이 있어야 한다
지구에도 북극 같은 빙산과 설산이 있어야 한다

불탑 앞에서 우리는

시방(十方) 바라밀

사방이 팔방을 거쳐 시방으로 완성된다
시방에 이르면 세상은 하나이고 세계는 일화(一花)이다

눈길 닿지 않는 곳이 없는 마음
인연 닿지 않는 곳이 없는 우주

이런 마음이 시방을 낳고
이런 우주가 시방을 펼쳐낸다

시방을 보는 사람은 해탈한다
시방을 아는 사람은 자유롭다
시방바라밀! 시방바라밀!
시방에서 바라밀의 음성이 충만하다

파라미타의 행복

출가바라밀

일단 집을 나서는 것이다
집을 나서면서 새로운 길을 걸어가는 것이다

출가하지 않는 닫힌 집에서 무엇을 할 수 있겠는가
소아의 묵은 밀실에서 무엇을 볼 수 있겠는가

집을 떠나야만 볼 수 있다
밀실을 박차고 떠나야만 할 수 있다

매일 아침 출항하는 선박처럼
매 순간 발심하는 승가의 바퀴처럼

수평바라밀

저울추가 반듯한 수평선을 그릴 때처럼
하늘과 바다가 영원의 수평선을 그려내는 것처럼

자그마한 호수조차 수평선을 사랑하는 것처럼
마을의 무논조차 수평선을 지켜내듯이

우리의 마음에도 수평선이 자리한다면
우리의 삶에도 영원의 수평선이 길을 가리킨다면

아침에 태어나는 태양도 수평선을 의식하며 떠오른다
저녁에 찾아오는 반달도 수평선의 꿈을 간직하고 있다

목련바라밀

목련나무 꽃눈이 겨울날의 발심(發心) 수행자 같다
한군데 모여서 불두화(佛頭花)처럼 상서롭다

목련나무 꽃눈은 삼동(三冬)에도 아무 일 없이 건강하다
목련나무 꽃눈에 의탁하여 겨울 한 철을 보낸다

목련나무 꽃눈은 초봄이면 서둘러 개벽한다
목련꽃 만개한 꽃나무가 전신으로 불화(佛華)이다

아름답고, 놀랍다
선재(善哉), 선재(善哉)로다!

파초바라밀

파초 잎이 넉넉하다
전생부터 남모르는 덕행을 닦아온 것만 같다

파초 잎이 평안하다
오랫동안 그대만의 선정을 닦아온 것 같다

파초 몇 그루가 고적한 산방의 마당가에 서 있다
주인의 마음과 동행하는 편안한 도반처럼 허허롭다

과원(果園) 바라밀

충주에서 문경으로
문경에서 예천으로
예천에서 안동으로
안동에서 봉화로, 다시 봉화에서 영주로

사과밭이 경계를 넘어서며 만다라의 무궁한 꽃동산이다

사과는 기독교 성경의 에덴동산에서도 빛나던 것
가을 과원의 붉은 사과들이 잊었던 하늘의 빛을 전하고 있다

인도바라밀

인디아는 하나의 거대한 환상이다
꿈속에서 꾸는 크고 찬란한 꿈이다

그 꿈의 환상이 이역의 사람들을 불러 모은다

아무것도 없는 곳에서 여행객들은 눈을 뜨고
아무것도 아닌 것에서 방랑자들은 길을 찾고
아무것도 아닌 바람을 맞으며 사람들은 깨어난다

정토는 어디에 있는가, 진리는 어디에 있는가
어디에도 없으나 어느 곳에도 있다는 역설이
이 물음의 작은 입구라도 될 수 있을까?

파라미타의 행복

법문(法門) 바라밀

법문(法門)에 들기를 바라는 마음이 법문(法文)을 낳는다

일주문을 지나, 금강문을 지나, 불이문을 지나면서
문(門)은 더욱더 다듬어진 법문(法文)이 되고
마음은 보다 더 정갈해진 법어(法語)가 된다

도처가 법문인데 법의 문을 세운 산문이 우스꽝스럽다
나무 기둥을 높이 세우고 이름표를 붙인 환상놀이가 재미있다

그래도 놀이동산 같은 대문을 세워야만 사람들이 법문으로 들
어온다
학교 대문처럼 현판도 달아야만 사람들이 공부할 마음을 내고
깨어난다

제8부
—

영원조차 허공과 같은 것

금강바라밀

다이아몬드 반지를 나누어 끼며 '영원'을 나누는 이들이 있다
영원조차 비어 있는 허공과 같은 것이어서
반지는 시간이 갈수록 허망함을 몰고 온다

금강석도 탄소의 결합상에 불과하다 하지 않는가
우리 몸도 지수화풍의 인연상에 불과하다 하지 않는가
어느 것도 허망함을 안고 오는 이 땅에서
다이아몬드 반지는 스쳐가는 무상의 바람이 된다

어쩌면 바람이 금강석인지 모른다
바람은 오래되고, 바람은 유연하고, 바람은 영원하다

영원조차 허공과 같은 것

제로바라밀

보이는 세계를 헤아리느라고 사람들이 1부터 9까지 숫자를 배
운다
보이는 세계는 이러한 숫자들로 질서 있게 표기되고
사람들은 아침부터 숫자의 질서를 지키려고 치열하다

보이지 않는 세계는 무엇으로 헤아려야 하는가
눈 밝은 지혜인은 동그란 모양의 '제로(zero)'를 건네주며
알 수 없는 '공성(空性)'을 가르친다

공성은 '신산(神算)'의 세계이다
인간의 산수로 계산되지 않는다

공성은 '천산(天算)'의 영역이다
지구별의 중력으로 헤아리기 어렵다

답답할 땐 '제로바라밀'에 의탁해보자

파라미타의 행복

만신에게 신탁하던 고대의 습관처럼

'제로바라밀'에 맡기어보자

영원조차 허공과 같은 것

신라바라밀

인디아가 그러하듯 신라도 환영이다

그러나
신라엔 경주 남산이 있고
신라엔 석가탑의 불국사가 있고
신라엔 원효의 저잣거리가 있다

불가역의 시간을 가역의 시간으로 바꾸어
신라의 환영을 마음껏 상상해본다

역사라고 부르는 그 나라에서
신화라고 부르는 그 지역에서
정토라고 부르는 그 세계에서

환영에 의지하여 신라바라밀을 염송해본다

파라미타의 행복

의상(義湘) 바라밀

유학은 묵은 경계를 넘어서는 일이다
원효 스님의 회귀도 대단하지만
의상 스님의 진경도 놀랍기만 하다

당나라에서 안목을 넓힌 의상 스님!
그의 구법의 노래인 법성게를 읽다 보면

유학은 할수록 좋은 일이요
공부는 깊어질수록 명료해지는 이법이다

해인사 앞마당에 새겨진 '법성게(法性偈)' 지도를 따라 걸어본다
걷는 길마다 경전이 함께하는 포행의 길이요
나아가도 나아가도 제자리로 돌아오는 본처의 길이다

영원조차 허공과 같은 것

월인(月印)바라밀

진리의 상징물로 달을 불러낸 사람은 누구일까?
아마도 오랫동안 달과 함께 살아본 사람일 것이다

진리가 일체(一切)에 스민다는 것을 안 사람은 누구일까?
아마도 달빛의 이면까지 볼 줄 아는 사람이었을 것이다

진리가 도장처럼 날인된다고 표현한 사람은 누구일까?
아마도 달빛의 진실성과 우주성을 본 사람일 것이다

달빛으로 바라밀행을 하고자 한 사람은 누구일까?
아마도 달빛의 겸허와 은거를 지켜본 사람일 것이다

일흔(逸痕) 바라밀

일흔(逸痕)은 흔적을 버리는 일이다
아니다
아예, 그 흔적을 남기지 않는 일이다
송광사 현봉(玄鋒) 스님의 문집인 『일흔집(逸痕集)』을 보면서
흔적 없이 사는 일을 생각해본다
흔적을 남기지만 흔적 없이 사는 일을 생각해본다
흔적을 남기어도 흔적이 사라지는 우주의 길을 생각해본다

'다녀간 것 같지 않게' 이 지구별을 다녀갈 일이다
다녀갔다 하여도 다녀가지 않은 것이 되고 마는
이 우주의 지극한 선물에 감사할 일이다

영원조차 허공과 같은 것

동백바라밀

동백나무 꽃동산이 말갛게 붉다

동백나무 꽃동산이 아득하게 황홀하다

동백나무 꽃동산으로 이른 봄빛이 찾아들면
동백꽃 꽃잎들은 저마다 봄빛처럼 빛나고
동백나무 꽃동산엔 온통 봄꽃의 봄소식뿐
슬픈 일은 과거처럼 아무도 모르는 일
슬픈 일은 부재처럼 아무도 생각할 수 없는 일

파라미타의 행복

직지(直指)바라밀

충청북도 청주의 문화적 기표가 '직지(直指)'이다
'직지심체요절(直指心體要節)'의 축약어인 그 '직지'이다

그러나 사람들은 금속활자에 마음이 크게 머물러 있다
구텐베르크 금속 활자와 비교하고 있다

이제 비교하는 일은 그만큼 하고 '심체(心體)'를 직접 가리킬 일
이다
다른 곳이 아닌 진리의 본체를 볼 일이다

그래야
도시도 이름처럼 맑아지고,
사람들도 중원처럼 중심에 다가서고,
무심천도 그 무심의 깊이를 드러낼 수 있지 않겠는가

직지바라밀! 직지바라밀!

영원조차 허공과 같은 것

미륵바라밀

56억 7천만 년이 있어야 오신다는 미륵부처님의 조상(彫像) 앞
에서
사람들이 시간을 잊은 채 예경하고 있다

시간이라고 할 수 없는 56억 7천만 년을
맨 처음 생각해서 퍼뜨린 사람은 누구일까?

시간을 잊고, 공간을 잊었을 때 해탈이 찾아온다면
미륵부처님의 아득한 시간은
시간으로써 시간을 잊게 하는 대방편인가

미륵부처님이 언제 오실지도 모르는데
새로운 사람들이 모여들며 똑같이 예경하고 있다

예경하는 그 시간이 시간을 잊는 그 순간인가
아마도 그런 것 같다

바윗돌에 새겨진 장신(長身)의 미륵부처님은 아무 말씀도 없이

서 계신다

영원조차 허공과 같은 것

난로바라밀

겨울날,
난롯가로 사람들이 하나둘씩 모여든다
모여든 사람들이 난로를 향하여 두 손을 다정하게 펼친다

따스한 곳이기 때문이다
따스한 마음이기 때문이다

난로가 추운 겨울날의 보살이다
오직 따스한 마음 하나로 대보살이다

파라미타의 행복

통도(通度) 바라밀

어디와 통(通)해야 하는가
영취산 서역국의 인도에 통한다는 통도사의 서사(敍事)처럼
우리의 마음이 통하는 그 지점이 바로 우리 자신이다

떠나간 우리의 마음들을 하루 종일 불러들여
가장 신성한 장소로 통하게 하는 일이 시급하다

떠도는 우리 마음들을 밤새워 다독여서
가장 청정한 중심으로 통하게 하는 일이 다급하다

우리는 어느 곳과 통하면서 이 생애를 걸어가야 할까
우리는 어느 곳에 접속하며 이 생애를 가꾸어야 할까

영원조차 허공과 같은 것

발심(發心)바라밀

카르마가 다르마가 되기까지
다르마가 파라미타가 되기까지
발심은 무한 반복의 훈련이자 예술이다

세상은 정확한 법칙의 세계여서
방심한 만큼의 발심을 요구하니

발심의 시간은 생이 다할 때까지 부족하기만 한데
방심의 시간은 부르지 않아도 이미 도착해 있다

이 난감함 속에서
이 안간힘 속에서
이 역설의 파노라마 속에서
시간 없는 시간이 흘러간다

가끔씩 발심의 시간을 마주하면서

시간 없는 생애가 빛나며 반짝이기도 한다